LE PATRIOTISME & LA RELIGION

au siège de Beauvais, en 1472.

DISCOURS PRONONCÉ A LA CATHÉDRALE, LE 26 JUIN 1887,

pour la Fête de l'Assaut

PAR

le R. P. ETOURNEAU, *des Frères-Prêcheurs,*

BEAUVAIS,

TYP. D. PÈRE, IMPRIMEUR DE L'ÉVÊCHÉ, RUE SAINT-JEAN.

1887

LE PATRIOTISME & LA RELIGION

au siège de Beauvais, en 1472.

DISCOURS PRONONCÉ A LA CATHÉDRALE, LE 26 JUIN 1887,

pour la Fête de l'Assaut,

PAR

le R. P. ETOURNEAU, *des Frères-Prêcheurs.*

BEAUVAIS,

TYP. D. PERE, IMPRIMEUR DE L'ÉVÊCHÉ, RUE SAINT-JEAN.

—

1887.

Gloriosa dicta sunt de te, civitas Dei.
Que d'exploits on raconte à votre gloire,
ô cité de Dieu!   (Ps. LXXXVI, v. 3.)

MONSEIGNEUR,

MES FRÈRES,

Deux ans après le siège fameux dont nous célébrons aujourd'hui, aux noms inséparables de la patrie et de la religion, le quatre cent-quinzième anniversaire, Charles le Téméraire recevait dans son camp les ambassadeurs anglais. Il prit plaisir à étaler sous leurs yeux son artillerie, « la mieux fournie de la chrétienté. » — « Voilà les clés des villes de France! » disait-il, en leur montrant ses canons. « Pour lors, raconte un historien, « on vit le fou du duc qui s'en allait cherchant par terre, comme « s'il eût perdu quelque chose. — « Que cherches-tu là, le Glo- « rieux ? » demanda le duc. — « Ce sont les clefs de Beauvais « que je ne vois pas ici, » répliqua le joyeux conseiller » (1).

Cette leçon, qu'un fou donnait avec tant de désinvolture, en agitant sa marotte et secouant ses grelots, au prince qui s'appelait le Terrible, était en même temps un hommage rendu à la vaillance de vos aïeux.

Le très haut et très puissant duc de Bourgogne pouvait montrer.

_____

(1) *Histoire des ducs de Bourgogne*, par M. de Barante.

à ses bons amis les Anglais, rassemblées en un trousseau sanglant, les clefs des vieilles communes démocratiques de la Flandre et des places fortes de la Picardie, il n'avait point celles de votre cité, car le massacreur de Dinant et de Liège, le boucher de Nesles, le maître de Roye et de Montdidier, avant de devenir le battu de Granson et de Morat, puis de Nancy, avait commencé par être le vaincu de Beauvais. Ici, le sanglier hirsute, dont le boutoir vient de causer impunément tant de dommages à tant de pauvres gens, rencontre enfin une meute populaire qui ose lui tenir tête. Ici, par une belle nuit d'été, sur la brèche du rempart, à travers le trou béant de la porte de Bresles incendiée, devant Marissel, Bracheux, Wagicourt, Tillé, Rouge-Maison et tant d'autres villages flambant au loin dans un rayon de quatre lieues, après trois longues semaines d'une résistance héroïque, vos pères voient le Téméraire déguerpir sans trompette, pour la première fois de sa vie. Désormais, chaque étape de sa course ambitieuse sera marquée par une défaite, jusqu'au jour où, dans les plaines de la Lorraine, retentira à ses oreilles, annonçant sa fin, l'hallali de la liberté, sonné par les trompes mugissantes de Lucerne, par la vache d'Unterwald et le taureau d'Uri.

Chercherons-nous, mes Frères, l'explication des résultats inespérés, obtenus par les héros dont nous célébrons la mémoire, dans des causes d'un ordre secondaire? Assurément, ces causes ne doivent être ni passées sous silence, ni traitées avec dédain; mais, disons-le tout de suite, disons-le bien haut, au patriotisme et à la religion revient principalement l'honneur d'un tel triomphe. J'ai nommé les deux clefs véritables, le double rempart moral de Beauvais assiégé. Oui, c'est parce que votre ville a été, au XV⁰ siècle, une grande cité, *civitas*, et une cité religieuse, *civitas Dei*, qu'elle a repoussé l'invasion bourguignonne et acquis une gloire immortelle. *Gloriosa dicta sunt de te, civitas Dei.*

Devant les éventualités qui nous menacent dans un avenir prochain peut-être, et que nous devons considérer sans jactance, mais sans peur, je saisis avec empressement l'occasion que m'offre cette fête de l'Assaut, pour vous conduire à l'école du vieux peuple français, afin qu'il nous apprenne à connaître les vraies sources de l'héroïsme.

J'ai, d'ailleurs, comme Dominicain, une dette de reconnaissance à payer aux défenseurs de Beauvais et, en particulier, à **Jeanne-Hachette**. Lorsque cette vaillante jeune fille eut pris aux Bourguignons l'étendard, dont vous conservez encore les loques glorieuses, pour l'offrir au Dieu des armées, elle le porta dans la chapelle des Jacobins. A quatre siècles de distance, je viens lui rendre, dans la mesure de mes forces et avec une admiration sans mesure, une part au moins de l'honneur public qu'elle a jadis décerné à mes pères ; je viens vous montrer que les enfants des vieux gardiens de son drapeau sont restés, comme vous, les gardiens de sa mémoire.

MONSEIGNEUR,

J'avais besoin de ce souvenir pour justifier la confiance que vous m'avez témoignée. C'est au sein même de l'ancienne capitale des États de Charles le Téméraire que vous êtes venu me prendre, pour me donner la mission de porter la parole devant cette grande assemblée. Si, au lieu de vivre au dix-neuvième siècle, j'avais vécu au quinzième, c'est-à-dire, à une époque où la France n'était pas unifiée, Breton par la naissance, Bourguignon par le domicile, j'eusse, sans doute, appartenu deux fois au parti que combattaient vos pères. Mais, depuis longtemps, Picards et Bourguignons sont Français. Au siège de cette ville, comme, plus tard, à celui de Saint-Jean-de-Losne, les uns et les autres ont montré les mêmes sentiments patriotiques et religieux. Un prêtre de Beauvais (1), qui, plus heureux encore que ses défenseurs d'autrefois, n'a pas eu à repousser l'assaut des Bourguignons, mais qui, devenu leur premier pasteur, a su les conquérir, louait, l'année dernière, avec l'éloquence que vous lui connaissez, les habitants de Saint-Jean-de-Losne ; cette année, un Dominicain de Dijon, qui voudrait bien, dès aujourd'hui, gagner les sympathies de votre peuple, parce qu'il doit l'évangéliser pendant le prochain carême, se sent à l'aise sous ce froc blanc que l'Eglise a béni et

_____
(1) **Mgr Lecot, évêque de Dijon.**

que la nation française a acclamé, pour exalter le patriotisme et la religion des habitants de Beauvais. Je suis, du reste, Monseigneur, encouragé dans ma tâche par votre noble exemple, car le soin que vous avez pris de conserver à cette fête le double caractère que lui assigne l'histoire, me prouve que si vous êtes, comme évêque, le premier chrétien de votre ville, vous en êtes, au même titre, le premier patriote.

I.

Nous ne comprendrions pas, mes frères, le patriotisme de vos aïeux dans toute sa grandeur morale, dans sa mâle énergie poussée jusqu'à l'héroïsme, si nous ne commencions par nous faire une idée exacte des difficultés avec lesquelles, avant même de combattre, il eut à compter.

Lorsque, dans la matinée du 27 juin 1472, Philippe de Crèvecœur, commandant l'avant-garde des troupes bourguignonnes, arriva, par la route de Saint-Quentin, en vue de votre cité, il ne la croyait point capable de soutenir un long siège. Il espère y pénétrer, sans tirer un coup d'arquebuse, après une première sommation, ou, tout au plus, si les habitants manifestent quelques velléités de résistance, après deux ou trois coups de couleuvrine. Prendre Beauvais est une fantaisie qui n'entre point, à la vérité, dans son plan de campagne, mais cette fantaisie est à si bon marché qu'il veut se la payer, en passant. Puisqu'il se rend en Normandie par votre pays, pourquoi ne procurerait-il pas à son maître un triomphe facile? Où le courage du soldat est inutile, l'habileté du courtisan peut agir; une flatterie rapporte plus qu'une prouesse. Il est donc entendu que le duc Charles franchira l'enceinte de vos murs en conquérant, qu'il aura le plaisir d'étaler ici, comme dans toutes les places dont il s'empare, sous les yeux éblouis du peuple, le faste presque impérial de sa cour, les merveilles de sa chapelle, ses châsses en or massif, ses reliquaires finement ciselés, « ses diamants célèbres, connus par leurs noms dans toute la chrétienté (1). » Et quand il se sera bien pavané,

(1) **Michelet** : *Histoire de France.*

sur son cheval de guerre, à travers les rues et les carrefours, quand ses soudards auront fait ripaille aux frais des habitants, prince et hommes d'armes, leur bannière au vent, reprendront plus gaiement le chemin de la Normandie, après avoir joué un bon tour au roi de France.

Ce plan du sire de Crèvecœur, sorte de bravade militaire, familière aux capitaines d'autrefois, était-il simplement un audacieux coup de tête dont l'exécution ne devait exiger qu'un heureux coup de main ? Il est certain qu'en venant dresser sous vos murs sa grande tente en velours rouge, Charles le Terrible avait pour lui toutes les chances de succès. Agé de quarante ans, « d'une complexion robuste, d'une santé vigoureuse (1), » dur à la fatigue, insensible à la douleur, vaillant jusqu'à la témérité, obstiné dans ses idées jusqu'à l'entêtement, tout en lui, ses défauts les premiers, semblait tourner au désavantage de ses adversaires. Son œil noir, au regard si vif, son rude visage, au teint bruni, encadré dans de longs cheveux noirs, sa voix cassante, le ton hautain de ses commandements, ses colères froides n'imposaient-elles pas toujours l'obéissance aux serviteurs, aux soldats, aux nobles que ses folles entreprises commençaient pourtant à fatiguer ? Ah ! vraiment, il allait être arrêté sur sa route par une méchante petite place, l'ambitieux qui rêvait l'empire du monde ! N'a-t-il pas sous la main sa puissante artillerie ? Fera-t-il même à vos remparts l'honneur de braquer contre eux ses coulevrines, et s'il est nécessaire d'y pratiquer une brèche, pour monter à l'assaut ses troupes ne sont-elles pas en nombre ? Lorsqu'elles se déploient en colonnes de marche, elles occupent cinq lieues de chemin : les Beauvaisins ont dû le constater eux-mêmes. Enfin, où la force aura échoué, la perfidie pourra réussir. Au quinzième siècle tous les moyens sont bons, et tromper, c'est encore vaincre.

D'ailleurs, qu'a-t-il à craindre de ses adversaires ? Le roi de France, son principal ennemi, parcourt en ce moment les marches de l'Anjou et de la Bretagne. Qu'il écrive, coup sur coup, pour encourager la résistance de « sa bonne ville », des lettres datées d'Angers, du Plessis-Macé, de Pouancé, sa présence serait plus

_____

(1) De Barante.

efficace que ses lointaines exhortations. Le 21 juillet, quand les défenseurs de Beauvais soutiennent déjà le siège depuis plus de trois semaines, il a beau leur mander qu' « incontinent après avoir prouvé à Monsieur de Bretagne qu'il n'est pas un couard, il tirera vers eux et leur mènera des gens assez », il arrivera trop tard. Puis, de Louis XI ou de Charles le Téméraire, lequel vaut-il mieux avoir pour maître ? pour lequel vaut-il mieux combattre et verser son sang ? En vérité, ces deux princes ont tant de défauts qu'il semble aussi difficile d'aimer le roi que de ne pas haïr le duc.

Tous les deux sont cruels et sanguinaires. Le roi est plus défiant des autres, le duc est plus confiant en lui-même. Tous les deux tendent à des fins égoïstes, le roi par l'astuce, le duc par la violence. Tous les deux exploitent les hommes ; le duc ne ménage jamais ceux dont il se sert, et si le roi les ménage, c'est pour mieux s'en servir. Tous les deux accablent à l'envi leurs peuples d'impôts, n'ayant jamais assez d'argent, Charles, pour entretenir ses goûts belliqueux et augmenter son faste, Louis, pour acheter les ennemis qu'il ne peut vaincre. Tandis que l'un se plaît à donner des fêtes splendides, l'autre vit « seul et chichement (1) ». Sur ses habits en drap d'or, le premier étale des diamants ; le second, coiffé d'un modeste chapeau de feutre orné d'une médaille de plomb, toujours chaussé de ses houseaux de voyage, s'enveloppe dans une vieille cape grise dont sa Chambre des Comptes enregistre et paie les moindres raccommodages (2). Tous les deux font à leurs façons de la religion un instrument de règne : le duc recherche les cérémonies éclatantes moins par dévotion que par désir d'y briller au premier rang et d'imposer aux foules ; le roi entreprend à la dérobée de nombreux pèlerinages pour satisfaire ses instincts de policier ; l'un n'attribue pas assez à la Providence, l'autre met trop sa politique sur le compte de Dieu ; la foi pratique du premier est singulièrement diminuée par sa confiance aveugle en lui-même, les croyances positives du second ne sont pas exemptes de superstitions. Tous les deux

(1) Michelet : *Histoire de France*.
(2) Voir le journal d'un bourgeois de Paris.

ont à leur service une morale qui ne doit guère les gêner. Ils exigent l'un de l'autre les serments les plus solennels, les prêtent sur les saintes reliques, sur la croix même du Sauveur, et les violent à qui mieux mieux. Ils ne se font d'ailleurs aucune illusion sur leur loyauté réciproque. Dans leurs entrevues, ils ont soin de ne se parler qu'à travers des barreaux, semblables à des fauves qu'on sépare dans des cages différentes pour les empêcher de s'entre-dévorer. Et, quand cette précaution n'est pas prise, l'entrevue devient un guet-apens, comme à Péronne, par exemple.

Permettez-moi d'ajouter un mot qui achève de les peindre. Ces deux princes égoïstes devaient avoir une mort en rapport avec leur vie. Charles le Téméraire, de plus en plus aveuglé par son ambition et par sa confiance en lui-même, tomba, les armes à la main, sur le champ de bataille de Nancy, et sept ans plus tard, Louis XI, enfermé au fond du sombre château de Plessis-les-Tours, de plus en plus défiant et superstitieux, se débattait dans les transes de l'agonie, affolé de peur devant un ennemi avec lequel il ne pouvait ruser, le seul de nos vieux rois, peut-être, qui se soit conduit comme un poltron en face de la mort. Destinées étonnantes de ces deux rivaux, et qui nous prouvent bien que si les princes s'agitent, Dieu les mène! Le renard triompha du sanglier. Charles le Téméraire rêvait l'empire du monde; il fut, à proprement parler, le dernier duc de Bourgogne. Quelles étaient les hautes visées politiques de Louis XI? L'histoire ne nous en dit rien de précis. Mais ce monarque, dont les défauts énormes ne peuvent nous faire oublier les rares qualités, accomplit, probablement à son insu, une grande fonction providentielle. Il fut et restera à jamais l'un des principaux fondateurs de l'unité française.

Encore un coup, mes frères, au quinzième siècle, sous lequel de ces deux maîtres le peuple préférait-il vivre? « Les gens des » villes et des campagnes, nous apprend un illustre historien (1), » restaient indifférents à la haine que le duc de Bourgogne tâchait » d'allumer contre le roi. Ce n'est pas que Louis XI fut aimé, » tant s'en fallait; il était peut-être plus craint des grands, mais

(1) De Barante : *Histoire des ducs de Bourgogne.*

» encore plus haï du peuple, à cause de l'horrible charge d'impôts
» qu'il avait établie. Quelle espérance, néanmoins, pouvait-on
» mettre dans le duc de Bourgogne, qu'on savait plus cruel en-
» core, plus tyrannique, en outre dénué de toute sagesse et raison,
» et qui arrivait, le fer et la flamme à la main, pour tout dévaster
» dans le royaume ? Chaque ville n'avait point d'autre pensée
» que de se féliciter, si elle était loin des ravages de la guerre,
» ou de s'en garantir le mieux possible, si elle y était par mal-
» heur exposée. »

Se garantir des horreurs de la guerre, oui, sans doute, c'était
la préoccupation de vos pères, mais Beauvais est-il en état de se
défendre ? Votre vieille cité a beau se dresser devant l'ennemi
avec ses murailles, ses bastions, ses tourelles, ses fossés, ses
ponts-levis, ses portes et ses poternes, elle présente plus d'un
point vulnérable. Voici, à deux pas de la porte du Limaçon, un
faubourg ouvert qui n'est protégé que par un fortin, voici des
fossés qui pourront être, en un instant, comblés par des fascines.
Si l'armée d'investissement, assez nombreuse pour envelopper
toute l'enceinte, passe la rivière et bloque la porte de Paris, elle
coupe les vivres aux assiégés, empêche tout secours de leur par-
venir, et, suivant l'expression favorite des Bourguignons, Beauvais est « ville gagnée ». Quels sont les défenseurs de la place ?
Elle n'a aucune garnison. Quelques gentilshommes de l'arrière-
ban s'y sont jetés avec le sire de Balagny, après avoir capitulé
à Roye. Hélas ! dans quel triste état sont-ils rentrés ici ? La vie
sauve, il est vrai, mais « désarmés, en simple pourpoint, le bâton
à la main ». Il est facile de comprendre que vos pères « ne devaient pas avoir grande confiance en leur gouverneur, qui leur
était ainsi revenu en fugitif » (1).

Telle était, mes frères, la situation critique de votre ville,
en 1472. Assiégée par une armée nombreuse et aguerrie, par un
ennemi qui porte la terreur et ne fait aucun quartier à ceux qui
osent lui tenir tête ; encouragée, de loin seulement, par son dé-
fenseur naturel, le roi de France, peu portée, d'ailleurs, à l'aimer
et à se sacrifier pour lui ; assez forte dans son enceinte, mais loin

(1) De Barante.

d'être invulnérable; sans garnison, presque sans hommes du métier, avec un gouverneur qui vient de capituler, quels succès peut-elle se promettre, à quelles représailles ne s'expose-t-elle pas, au contraire, si elle tente une résistance aussi peu raisonnable qu'inutile? Où sont donc les prudents pour lui conseiller de se rendre?

Les prudents, les timorés, je les cherche en vain parmi vos pères; je ne trouve dans leurs rangs que des citoyens animés du patriotisme le plus ardent. Pour mieux le mettre en relief sous vos yeux, j'ai voulu vous exposer les graves difficultés avec lesquelles il avait à compter avant même d'agir; maintenant voyons-le à l'œuvre.

Je le reconnais d'abord et je le salue avec vous dans des braves ouvriers qui, le matin du 27 juin 1472, travaillaient à la toiture de votre cathédrale et aperçurent, les premiers, les troupes ennemies. Aussitôt ils mettent en branle la cloche d'alarme, et le tocsin qui sonne, loin d'épouvanter les cœurs, arme tous les bras. En un instant, la population entière est debout et court aux remparts. Il était temps : une heure après, arrivait à vos portes l'avant-garde des Bourguignons.

Mais quel est cet homme qui se détache de leurs lignes et s'avance en parlementaire? C'est un héraut : il demande les clefs de la ville. — «Les clefs de la ville? Ah! le sire de Crèvecœur est naïf, s'il s'imagine que nous allons les lui donner à la première sommation. Capitaine, sachez-le bien, vous n'êtes pas à Roye, vous n'êtes pas à Montdidier. Héraut, héraut, tiens-toi hors de la portée de nos arbalètes et va dire à ton maître que les habitants de Beauvais sont prêts à mourir pour la défense de la patrie.»

Eh! quoi, ces manants veulent résister? Que le comte de Montmartin prenne immédiatement avec lui cent lances et trois cents archers et qu'il s'empare du faubourg de Saint-Quentin! Balagny, qui cherche à venger son premier échec, à reconquérir la confiance populaire, a beau se jeter dans le fort qui protège le faubourg et accomplir des prodiges de valeur; plusieurs de ses arquebusiers tombent mortellement frappés, une flèche l'atteint lui-même à la cuisse. Il fuit comme il peut du côté de la ville et les archers le poursuivent. En avant! Bourguignons, à vous toutes ces maisons ! à vous l'église Saint-Hippolyte ! En avant ! et ils s'emparent de la porte extérieure du pont-levis et les voilà déjà maîtres de la loge des portiers ! — A quoi donc songent vos pères ? Voyez-vous, couvrant les remparts, ces hommes rangés sur trois lignes ? Ils sont là, immobiles, silencieux, impassibles, l'arquebuse au poing. Tout à l'heure, de l'autre côté du fossé, un soldat, les narguant, a planté la bannière de Bourgogne : un coup de feu l'a étendu mort, et maintenant, que ses camarades tentent l'escalade ! Chaque fois qu'ils s'approchent, la rage au cœur, leur cri de guerre aux lèvres, sur un ordre bref, avec une précision foudroyante, les arquebuses font leur office et des cadavres jonchent le sol.

A la porte de Bresles, plus vive encore est l'attaque, dirigée par Philippe de Crévecœur en personne. D'un mouvement hardi il a lancé ses troupes jusqu'au pied des murailles. Les échelles sont dressées. Fatalité ! elles sont trop courtes. Qu'à cela ne tienne ! l'artillerie donnera. « Une couleuvrine, braquée contre la porte, y « fait deux larges ouvertures, et les Bourguignons, animés par « l'espoir du pillage, s'élancent vers la brèche » (1). Que le duc s'empresse d'arriver, s'il veut entrer le premier dans la place. Beauvais est « ville gagnée. »

O patriotisme, l'heure des périls extrêmes est aussi le moment de tes suprêmes ressources ! Quel est ce blessé, incapable de marcher, qui se fait porter tout le long de vos rues ? C'est Balagny, votre gouverneur. Assis sur les épaules de ses archers, dominant de son visage pâli par la souffrance, de son regard illuminé par l'héroïsme, la foule qui s'accroît à chaque pas, il va de porte en porte, de quartier en quartier, partout excitant l'enthousiasme, plus encore par sa conduite que par son éloquence. Vieillards, femmes, enfants, tous le suivent, un seul cri retentit, un cri qui va grossissant à travers la cité et qui éclate bientôt comme un coup de tonnerre : Au rempart ! au rempart ! Pour se défendre, ils prennent ce qui leur tombe sous la main : les uns des pavés, les autres des pierres, ceux-ci des pièces de bois, ceux-là des fagots ; cohue sublime, grande marée populaire soulevée par

(1) *Histoire du diocèse de Beauvais.*

— 13 —

le patriotisme, ils se répandent à flots pressés sur les créneaux, s'entassent à la porte de Bresles, et derrière la muraille, en partie effondrée, forment un second rempart, un rempart de poitrines vivantes dans chacune desquelles bat un cœur de héros. Mort aux assaillants! Pour les repousser tout est bon. Pourquoi ne pas allumer ces fagots et, une fois enflammés, ne pas les jeter sur les Bourguignons? Ah! enfin, l'ennemi recule sous cette pluie de feu qui tombe. Mais, ô désespoir! le feu se communique à la porte elle-même, la herse flambe, les ouvrages en bois sont attaqués, et sous la longue voûte de pierre, pratiquée dans l'épaisseur de la muraille, les flammes courent, crépitent, s'allongent, lèchent les parois, et arrivant au jour, projettent, à travers des nuages de fumée, les rouges et sinistres lueurs de l'incendie. Tout est-il donc perdu? Si le feu détruit les défenses des assiégés, il tient du moins les assiégeants à l'écart. Une seule chose reste à faire : Que les hommes réparent la brèche, les femmes et les enfants entretiendront le brasier; — ainsi ce qui devrait amener leur ruine, contribuera à leur salut, car quel ennemi oserait s'aventurer dans une pareille fournaise? A neuf heures du soir, vos pères se battaient encore, mais déjà les secours commençaient à arriver. Après une course de vingt-quatre heures à cheval, le seigneur de Troussures leur amenait deux cents lances. Le lendemain, — c'était un dimanche, — Dammartin fit passer par la porte de Paris toute une petite armée, « les plus vieux et les plus solides capitaines de France. » Je veux les nommer ici : leur patriotisme mérite cet hommage. Ils s'appelaient Rouault, Lohéac, Crussol, Vignolle et Salazar (1).

Il faut dire que, de son côté, le duc de Bourgogne avait rejoint son avant-garde et que quatre-vingt mille hommes assiégeaient votre cité.

Je voudrais, mes frères, vous exposer dans tous ses détails cette page glorieuse de vos annales, dont chaque ligne est à lire, à méditer, à admirer : la destruction de l'église de saint Hippolyte, l'incendie du palais épiscopal, le bombardement presque ininterrompu de la ville; — la rivière détournée de son cours, le faubourg de Saint-Quentin inondé à dessein par vos pères, l'ennemi

(1) Voir Michelet.

obligé d'en sortir et se vengeant de cet échec en brûlant les
maisons; — Paris, Orléans, Rouen et tant d'autres grandes
communes vous envoyant, en témoignage de leur fraternelle
admiration, des médecins, des soldats, des maçons, des charpen-
tiers, des tonneaux de vin, des vivres, des armes, de la poudre à
canon; Beauvais, en un mot, semblant mettre, suivant la belle
expression d'un historien (1), la France entière en mouvement
par l'enthousiasme patriotique que provoque sa résistance, et
produisant ainsi, cinquante ans après Jeanne d'Arc, comme un
second réveil du sentiment national.

En vain, le lundi 6 juillet, le duc Charles, aveuglé par la colère,
cruel et fou à force d'être présomptueux, tente un nouvel assaut ;
cet assaut, plus meurtrier, est aussi infructueux que le premier;
en vain il fait jeter dans le fossé, pour le combler, des quantités
incroyables de fascines. « A quoi bon cet amas de bois! lui dit tris-
tement le bâtard de Bourgogne; si vous en venez à un troisième
assaut, vous aurez assez de vos morts pour remplir le fossé. » En
vain « le canon, tirant sans relâche, fait voler en éclats les bri-
ques et les pierres des remparts, Beauvais sera sauvé ou ses habitants s'enseveliront sous ses décombres » (2); car ils veulent
tous, comme les Machabées, ces grands patriotes d'autrefois, ou
vivre en hommes libres, ou mourir en héros. *Aut vivere aut
mori fortiter* (3).

Le danger grandissant exigeait d'ailleurs une telle résolution.
Continuellement battues par l'artillerie ennemie, vos murailles
présentaient trois larges brèches, « lorsque, le 9 juillet, sur les
huit heures du matin, fut ordonné le troisième assaut qui allait
décider du sort de la ville. » (4)

Las d'un siège qui dure depuis trois semaines, tout le monde,
cette fois, veut en finir, et l'impétuosité de l'attaque n'est surpassée
que par l'énergie de la résistance. C'est une lutte à outrance, un
duel à mort. Les couleuvrines, bourrées jusqu'à la gueule, crachent
au loin leurs projectiles, les bombardes lancent des blocs énormes,.

(1) De Barante.
(2) Histoire du diocèse de Beauvais.
(3) I Macc. IV, 35.
(4) Hist. du diocèse de Beauvais.

les arquebuses font rage, les flèches s'entrecroisent. Quelle pluie de pierres ! quelle grêle de traits ! Des créneaux coulent à flots la poix fondue, l'huile bouillante, tombent à brassées les fascines en feu. Et les femmes et les jeunes filles, de plus en plus surexcitées et comme hors d'elles-mêmes, crient, s'agitent, courent sur les remparts, bondissent sur la brèche, et injurient, et blessent, et repoussent les assaillants. En bas, dans les fossés, sous les flammes qui les dévorent, les cadavres roulent et les blessés se tordent en hurlant, et sur ces monceaux de corps qui s'élèvent sans cesse, sans cesse de nouveaux soldats, la hache à la main, se ruent à l'assaut. Enfin, l'un d'entre eux a pu gagner le haut de la muraille, il y a planté l'étendard de Bourgogne. Une jeune fille l'aperçoit; elle se précipite sur lui et, tout en le culbutant dans le fossé, lui arrache son drapeau.

Que parmi les historiens les uns placent cet épisode au premier jour du siège, les autres au dernier; qu'ils ne s'entendent pas pour nous dire si Jeanne était sans armes ou armée, et, dans ce second cas, si la hachette qu'elle tenait à la main lui appartenait ou si elle l'avait prise au soldat bourguignon; qu'ils se cherchent querelle sur son véritable nom (je ne parle pas des critiques fantaisistes qui ont osé nier son existence), je sais, moi, et j'affirme une chose, c'est qu'en accomplissant son exploit, debout sur le rempart, son drapeau à la main, transfigurée par le courage, oubliant son sexe et son âge, s'oubliant elle-même, elle pouvait dire, aux applaudissements de tous ses compatriotes :

Je ne sais plus mon nom, je m'appelle Patrie ! (1)

car, sous ses traits héroïques et charmants, mélange de grâce et d'audace, elle personnifiait la cité de Beauvais, disons plus, elle représentait la France.

_____

(1) Victor Hugo.

II.

Le sentiment patriotique explique-t-il seul l'héroïsme de vos pères ? Il ne m'en coûterait pas de l'affirmer, si cette affirmation était l'expression totale de la vérité. Avant de lire dans nos grands écrivains nationaux le récit du siège de Beauvais, je n'avais, croyez-le bien, arrêtée à l'avance dans mon esprit, aucune de ces thèses aux exigences desquelles il est si facile de plier l'histoire, au risque de la fausser ; — en histoire surtout, j'ai horreur des thèses ; — je me suis dit simplement ce que tout esprit sincère aurait pensé comme moi : je n'ai ni une apologie ni un plaidoyer à composer, mais des faits à exposer, à expliquer, et des conclusions à tirer des faits. Or, l'étude impartiale de l'histoire m'a conduit à formuler ces trois propositions que je crois inattaquables :

Au quinzième siècle, vos pères se sont conduits en héros : voilà le fait.

Leur héroïsme s'alimentait à deux sources : le sentiment patriotique et le sentiment religieux ; voilà l'explication du fait, explication non moins certaine que le fait lui-même.

Pratiquons leurs vertus, si nous voulons remporter leurs succès : voilà enfin, si je ne me trompe, la conclusion qui découle naturellement du fait expliqué.

Ils ne rempliraient donc, Messieurs, que la moitié de la tâche que leur impose la vérité, ceux qui loueraient dans les défenseurs de votre ville, soit la religion sans le patriotisme, soit le patriotisme sans la religion. Ah ! si l'Eglise et la France étaient des partis, chacune d'elles aurait peut-être intérêt à ne prôner que le bien qu'elle accomplit, à diminuer, à nier même celui qui s'accomplit en dehors d'elle, puisque les partis ne semblent pouvoir vivre qu'en s'exaltant exclusivement et en se déchirant mutuellement. Mais honte aux sectaires qui, par l'étroitesse de leurs idées, par la violence de leur langage, par l'intolérance de leur conduite, voudraient donner à l'Eglise les dimensions d'une chapelle, à la France les allures d'une coterie !

L'Eglise et la France ne sont pas des partis, — qui dit partis dit rivalités, — mais des sociétés, et qui dit sociétés dit relations ; leur origine, leur nature, leur action, leur but, sont si différents, sans être opposés, si unis, sans être confondus, qu'elles peuvent très bien vivre côte à côte, en se rendant des services et des hommages réciproques. Si donc vos pères avaient été uniquement de grands citoyens, il ne m'en coûterait pas, je tiens à vous le répéter, d'arrêter ici ce discours, après avoir décerné à leur patriotisme un éloge aussi sincère que mérité.

Mais les défenseurs de Beauvais ont été aussi de grands chrétiens, et, pourquoi le tairais-je ? c'est l'histoire — l'histoire écrite par les hommes les moins suspects de partialité en faveur de l'Eglise (1) — qui l'atteste et qui m'impose le devoir de vous expliquer l'héroïsme de leur conduite et par leur patriotisme et par leur foi religieuse.

Assurément, la pratique de la morale évangélique ne paraît pas, au premier abord du moins, favoriser beaucoup le développement des vertus militaires. Pouvons-nous oublier que le Christ, qui a consommé sa mission de Médiateur par le sacrifice volontaire de sa vie, est mort en priant pour ses bourreaux ; qu'il a promis la possession de la terre aux pacifiques, qu'il n'a armé ses apôtres, en les envoyant à la conquête du monde, que du glaive spirituel de la parole ? En nous recommandant la mansuétude, le pardon des injures, la patience, l'humilité, la charité, ne nous a-t-il pas prêché une grande doctrine d'apaisement ? Et si, depuis l'ère qu'il a inaugurée, les nations mêmes qui ont pris sa croix pour bannière religieuse, se font encore la guerre, ce n'est point dans l'Evangile qu'elles trouvent la justification de leurs sanglants démêlés.

Me suis-je donc trompé en désignant la foi des assiégés de Beauvais comme une des sources principales de leur courage ? Non, mes Frères, car si les chrétiens n'ont pas le fanatisme agressif des musulmans, ils n'ont pas davantage le quiétisme indolent des rêveurs de l'Inde. Nous n'aimons pas à attaquer,

---

(1) Michelet : « La grande sainte de la ville, sainte Angadrême, qu'on portait sur les murs, encourageait les habitants. »

mais nous savons nous défendre, et l'Evangile, qui n'est le code
ni des conquérants, ni des diplomates, ni des fanatiques, ni des
fainéants, en fortifiant dans nos âmes l'idée du droit, le sentiment du devoir, la conscience de la responsabilité, l'espérance de
la vie future, nous inspire, dans les cas d'injuste agression, une
vertu de résistance que nous poussons au besoin jusqu'à l'héroïsme.

Or, vos pères étaient injustement attaqués par le duc de Bourgogne. Que venait-il faire ici, ce cruel batailleur ? Avait-il à
exercer contre vos compatriotes de légitimes représailles ?
L'avaient-ils provoqué comme les chaudronniers de Dinant?
L'avaient-ils insulté comme les Liégeois? Lui barraient-ils seulement le chemin de la Normandie ? Mais, nous l'avons vu, le
siège de Beauvais n'entrait point dans son plan de campagne.
Eh quoi ! parce qu'il plaît à un prince, qui n'a de chrétien que
le nom, de s'emparer d'une ville sur laquelle il ne possède aucun
droit, qui ne lui a pas cherché querelle, qui ne demande qu'à
vivre tranquille, il ne serait pas permis aux habitants de lui résister ? Les Bourguignons pilleront leurs maisons, violeront
leurs familles, brûleront leurs monuments, confisqueront leurs
libertés, ruineront leur commerce, massacreront leurs notables;
monté sur un cheval de bataille aux sabots rougis de sang, le
Téméraire pourra répéter, avec satisfaction, ce qu'il a déjà dit
ailleurs, après de pareilles scènes de carnage : « Par saint
Georges, j'ai de bons bouchers » ; ou encore : « Tels fruits porte
l'arbre de la guerre »; et les Beauvaisiens ne tenteront rien pour
détourner de leur tête de pareilles calamités! L'amour du sol
natal et de la liberté, l'honneur du foyer domestique, la sauve-
garde des intérêts les plus précieux, la défense de la vie menacée,
seraient opposées à la morale évangélique ? Oh ! lorsqu'il s'agit
de protéger toutes ces grandes choses qu'on désigne par de si
beaux noms, le peuple est dans le cas de légitime défense. Qu'il
se soulève, qu'il résiste, qu'il combatte à outrance. La patrie le
lui ordonne et la religion ne le lui défend pas.

Je ne dis pas assez, Messieurs. Non seulement la religion n'in-
terdit pas à vos pères la lutte qu'ils soutiennent, mais, pour faci-
liter leur succès, elle leur prête son concours. Entendez-vous

toutes les cloches de vos églises signaler par le tocsin l'approche de l'ennemi ! Les sonneries solennelles, qui convient à la prière, appellent aux remparts. C'est qu'aux siècles de foi, quand le pouvoir civil s'entendait avec l'autorité ecclésiastique, quand ils marchaient la main dans la main, la cloche remplissait dans la cité deux fonctions importantes : elle était la voix de Dieu, elle était la voix du peuple. Lorsqu'elle parlait au nom de Dieu, le peuple et les magistrats, répondant à son invitation, accouraient aux églises, et lorsqu'elle parlait au nom du peuple, ce dernier ne lui demandait jamais un service contraire à l'honneur de Dieu.

J'ai nommé l'autorité ecclésiastique. En 1472, elle était représentée à Beauvais par l'évêque Jean de Bar. Dans le péril qui menaçait votre ville, quelle devait être l'attitude de son premier pasteur ? Au quinzième siècle, les évêques jouissaient d'une grande influence religieuse et politique. Hommes d'action autant qu'hommes de prière, souvent seigneurs temporels des villes dont ils étaient les chefs spirituels, ils avaient un tabouret aux conseils des rois, un trône aux assemblées des communes. Si Jean de Bar s'était borné à convoquer dans votre cathédrale les femmes, les vieillards et les enfants, pour implorer avec eux le secours de Dieu, à encourager les soldats de sa parole, à les soutenir de son argent, à visiter les blessés, à présider les funérailles de vos morts, à ordonner des processions, à suivre le premier les châsses de vos saints, à prier sur vos remparts : il est certain qu'il eût accompli pieusement son devoir d'évêque, tel surtout que nous le comprenons aujourd'hui. Mais ce n'est pas avec les idées séparatives de notre temps que nous devons juger les hommes d'autrefois. En dehors de ses fonctions spirituelles, Jean de Bar crut qu'il avait à remplir une mission politique ; s'il sollicita le secours de Dieu, il tâcha aussi d'obtenir celui de la capitale de la France. Et, puisque l'histoire nous atteste et la sincérité et le succès de sa démarche, qui donc parmi les petits-fils des défenseurs de Beauvais songerait à le blâmer d'être allé à Paris chercher aide et protection ? Le 1er juillet, en effet, Jean de Bar « avait audience du conseil communal de Paris. Après avoir exposé le danger de sa ville épiscopale, il demanda avec instance que des secours en armes, en provisions, en hommes lui fussent incessamment envoyés et offrit d'abandonner à cette fin une somme de 972 livres 10 sols tournois, que le roi lui avait remise au profit de l'Eglise cathédrale. Sa demande fut accueillie et ses propositions acceptées; les secours furent aussitôt dirigés sur Beauvais » (1). Pendant que votre évêque réussissait à Paris dans la mission dont il s'était volontairement chargé, un incendie, « attribué à la trahison ou à quelques secrètes manœuvres de l'ennemi », dévorait ici une partie de son palais.

Votre cathédrale elle-même, monument grandiose et inachevé de la foi de vos pères, ne fut pas respectée par les assiégeants. Un de leurs boulets atteignit un contrefort du chœur, un autre traversa une verrière et tomba sur une stalle qu'il endommagea. Au faubourg Saint-Quentin, le feu, allumé par l'ennemi, se communiqua à la chapelle de l'abbaye et en consuma la flèche.

Les prêtres et les religieux, d'ailleurs, n'étaient pas les derniers à donner l'exemple du patriotisme. Dès qu'il s'agissait d'assurer un avantage à la défense, ils savaient s'imposer les plus durs sacrifices. C'est ainsi qu'ils consentirent volontiers à la destruction de l'église de Saint-Hippolyte qui, occupée par l'ennemi, constituait pour vos remparts un dangereux voisinage. L'abbé de Saint-Lucien se retrancha dans son monastère, et, entouré de vaillants soldats, repoussa à plusieurs reprises l'attaque des Bourguignons, qui lui tuèrent son neveu. Enfin, lorsqu'il fallut, après le siège, réparer les fortifications, pour payer sa quote-part de la contribution commune, le Chapitre n'hésita pas à vendre les vases sacrés eux-mêmes (2).

Je suis fier, Messieurs, d'avoir à vous citer de pareils faits, car ils sont à l'honneur de ce vieux clergé français qui nous a légué, à nous, ses successeurs, comme les deux lots indivis d'un glorieux héritage, l'amour du Christ et l'amour de la France. Permettez-moi d'ajouter simplement, au nom de tous mes frères dans le sacerdoce, que cet héritage de nos pères nous l'acceptons, et que nous sommes prêts à renouveler les sacrifices qu'ils ont accomplis.

(1) *Histoire du diocèse de Beauvais.*
(2) Consulter, pour tous les faits que je viens de citer, l'*Histoire du diocèse de Beauvais.*

Que vous dirai-je, maintenant, de l'heureuse influence exercée par la religion sur l'âme même des défenseurs de Beauvais ? Ils étaient tous chrétiens, profondément chrétiens. Unissant, dans un catholicisme intégral, la pratique à la foi, à la première ils demandaient ses grâces, à la seconde ses espérances. Ils se préparaient à la lutte par la prière, par la confession, par la communion ; après avoir prié ils se sentaient moins seuls, car ils avaient Dieu avec eux ; après s'être confessés, ils se sentaient plus alertes, car le remords est un fardeau aussi lourd que nuisible sur un champ de bataille ; après avoir communié, ils se sentaient plus vaillants, mieux disposés à verser leur sang pour la patrie, car l'Eucharistie est le pain des forts et le viatique des mourants. Sans peur, parce qu'ils étaient sans reproche, ils avaient le droit de s'approprier la parole de l'apôtre : *Mihi vivere Christus est et mori lucrum.* Le Christ était leur vie et la mort leur paraissait un gain. Le pain des forts ne pouvait que contribuer à leur succès, s'ils devaient vaincre ; et, s'ils devaient succomber, le viatique des mourants leur ouvrait les portes du ciel. Ainsi, Messieurs, pendant les longues semaines du siége, la religion les entretenait dans cette excellente disposition d'âme qui, par le mépris du danger, par la spontanéité du sacrifice, devait finalement leur assurer la victoire.

Pénétrés, d'ailleurs, de cet esprit surnaturel qui croit à l'efficacité de la prière et à l'utilité de ceux qui prient, ils se considéraient tous les uns les autres comme les bons défenseurs de la cité : les hommes valides, parce qu'ils soutenaient la lutte sur les remparts ; les femmes, les vieillards, les enfants, les malades, les infirmes, parce qu'ils invoquaient Dieu dans les églises. Si tous les bras ne pouvaient rendre service, aucune bouche, du moins, n'était inutile. Beauvais était défendu par deux armées : par une armée de combattants et par une armée de suppliants. Avec le péril grandissaient le courage et la foi. Oh ! quand surtout vos pères voyaient l'ennemi préparer un nouvel assaut, quand du haut de leurs murailles de plus en plus ébranlées, lézardées, démantelées, ils se disaient avec une anxiété croissante : Résisterons-nous encore à cette attaque-là ? dans les temples saints qu'ils remplissaient, au milieu des processions solennelles qu'ils organisaient, donnant à chacune d'elles le caractère grandiose et touchant d'une manifestation publique unanime, quelles clameurs puissantes ils poussaient vers le ciel ! C'était vraiment le peuple entier en prière, qui, un instant après, allait se retrouver le peuple en armes. Magistrats, notables et simples citoyens, gentilshommes, bourgeois et ouvriers, tous commençaient leur journée en chrétiens, tous la finissaient en héros.

Rien, du reste, ne nous montre la large part qu'ils attribuaient dans leurs succès à la prière, comme la confiance qu'ils témoignèrent à la bienheureuse patronne de Beauvais, sainte Angadrème. A quel titre, en effet, Angadrème pouvait-elle leur venir en aide ?

Jeanne d'Arc invoquait saint Michel ; je le comprends. Dans le combat mystérieux qui s'était livré aux profondeurs du ciel entre les bons anges et les mauvais, saint Michel avait vaincu Satan. Les Anglais et les Bourguignons invoquaient saint Georges, je le comprends encore. Saint Georges avait été soldat et même commandant dans la garde impériale de Dioclétien. Mais sainte Angadrème n'avait eu à exercer, pendant sa vie, que les aimables vertus des vierges chrétiennes. Fille d'un référendaire à la cour de Clotaire III, elle avait pu, après différentes épreuves, suivre sa vocation religieuse. Dans le monastère où elle s'était enfermée et dont elle devint abbesse, elle avait toujours pratiqué sa règle avec une fidélité exemplaire ; puis, à l'âge de quatre-vingts ans, elle s'était endormie dans la paix du Seigneur. Par sa vocation monastique, par ses vertus claustrales, par sa longue vie passée à l'ombre de l'autel, Angadrème ne pouvait donc personnifier aux yeux de vos pères que la toute-puissance suppliante de la prière. On racontait dans le peuple qu'au neuvième siècle ses reliques avaient déjà préservé Beauvais de la fureur des Normands (1). « Il y avait « même, en 1472, des gens qui se souvenaient de l'avoir vue, qua « rante ans auparavant, lorsque les Anglais et le comte d'Arundel « assiégèrent la ville, apparaître sur la muraille, vêtue de ses « habits de religieuse, et repousser par sa protection les anciens « ennemis du royaume (2). » Puisqu'elle avait déjà, à plusieurs

---

(1) *Vie des Saints du Diocèse de Beauvais,* par l'abbé Sabatier.
(2) **Voir de Barante.**

reprises, employé en faveur de votre cité la force de son interces-
sion, pourquoi, dans ce nouveau danger, unissant ses prières à
celles de ses compatriotes, n'obtiendrait-elle pas de la bonté divine
avec eux et pour eux une victoire que méritaient d'ailleurs la jus-
tice de leur cause, la constance de leurs efforts et l'élan de leur
foi ? Que les positivistes sourient — tant qu'ils voudront — de ce
qu'ils appellent la crédulité populaire, confondant dans un mépris
qui n'a rien de scientifique les superstitions sans base et les
croyances fondées, pour nous, catholiques, nous affirmons l'efficacité de la prière, nous admettons d'une façon générale, tout en
nous déclarant prêts à discuter la vérité objective de tel ou tel fait
surnaturel en particulier, l'intervention de Dieu et de ses saints
dans les événements qui s'accomplissent à la surface de notre
globe; et si, quand nous abaissons nos regards vers la terre, nous
prions pour les défunts dont les tombes sont à nos pieds, quand
nous élevons les yeux vers le ciel, nous pensons y avoir des protecteurs spéciaux qui veillent sur nos personnes, sur nos familles,
sur notre cité, sur notre patrie. Ainsi, nous ne marchons point
seuls ici-bas du berceau au cercueil comme entre les deux frontières du néant : nous vivons avec les morts que nous secourons,
nous vivons avec les saints qui nous secourent ; aux uns nous
appliquons nos mérites, aux autres nous demandons les leurs.
Cette conscience invincible, que possède tout chrétien de n'être ni
isolé au milieu du monde, ni réduit à ses propres forces dans la
lutte pour l'existence, soutint merveilleusement le courage de vos
pères et leur inspira un acte d'héroïsme qui constitue un des plus
beaux épisodes du siège de Beauvais.

C'était le jour du dernier assaut. Quarante-huit heures d'une
canonnade presque ininterrompue semblaient avoir préparé aux
Bourguignons une victoire décisive ; trois larges brèches étaient
ouvertes, d'énormes pans de murs menaçaient ruine, l'ennemi
avait jeté deux ponts sur les fossés et avancé ses tours roulantes
jusqu'au pied des remparts. L'alarme était grande dans la ville,
mais non moins grande était la confiance en sainte Angadrème.

Où vont ces prêtres, ces moines, ces femmes, ces boiteux, ces
estropiés et ces enfants qui sont encore trop faibles et ces vieillards qui ne sont plus assez forts pour manier l'arbalète ou l'ar-

quebuse ? Ils portent dans leurs rangs le vieux reliquaire en bois
doré qui contient les ossements de la patronne de Beauvais ; tantôt
ils prient à haute voix, tantôt ils chantent sur un ton grave et
suppliant ; ils parcourent lentement, solennellement, vos rues,
vos places, vos carrefours, au son des cloches qui semblent tinter
des glas ; on dirait qu'ils mènent déjà le deuil de la patrie. Là-bas
le canon tonne ; ils marchent en avant comme s'ils ne l'enten-
daient pas ; bientôt les boulets passent sur leurs têtes, tombent
peut-être au milieu d'eux ; comme s'ils ne les voyaient pas, ils
marchent toujours. Les voici aux remparts ! Arrêtez, arrêtez, —
puisque vous ne pouvez combattre, ô infirmes, ô femmes, ô prêtres
à qui il est ordonné de panser les blessures, mais à qui il est défendu de verser le sang, vous vous exposez à un massacre inutile.
— Non, non, laissez passer l'armée des suppliants. — Et la procession se déroule sur le chemin de ronde, longe les tours, paraît
aux créneaux, descend le long des brèches, monte sur la crête
des murs. Et ils s'en vont ainsi, sous le feu des arquebuses, sous
les traits des arbalètes, sous les pierres des coulevrines, toujours
priant, toujours chantant, se serrant de plus en plus autour des
restes vénérés de leur sainte Protectrice. Plus l'action est chaude,
plus la prière est ardente ; les points les plus menacés sont ceux
où ils s'arrêtent de préférence. Ils ont même fini par placer la
châsse d'Angadrème sur l'une des brèches, à l'endroit le plus
périlleux, et pendant qu'autour d'eux combat toute la partie valide
de la population, ils restent là, au centre de la lutte, auprès de
leur Sainte, à genoux sur les pierres effondrées, les mains jointes,
dans une attitude que le danger rend sublime, les regards tournés
vers la châsse, comme s'ils s'attendaient à en voir sortir le bras
qui devait les venger. Angadrème intervint-elle alors d'une façon
sensible ? je ne puis l'affirmer ; ce que je sais, c'est que la confiance qu'elle inspira aux habitants de Beauvais contribua puis-
samment à leur victoire.

M'accuserez-vous, mes frères, moi qui ai fait une si large part
au patriotisme dans la défense de votre ville, d'y avoir assigné un
trop grand rôle à la Religion ? Mais vos pères seraient les premiers à protester contre une imputation semblable. Après avoir
poussé le courage jusqu'à ses dernières limites, ne s'empres-

sèrent-ils pas de montrer à Dieu qu'ils avaient dans l'âme une vertu peut-être encore plus rare que l'héroïsme, je veux dire la reconnaissance ?

Vous le savez bien, c'est dans une église que Jeanne Hachette porta le drapeau qu'elle avait pris à l'ennemi, et, trois jours après la levée du siège, à l'issue d'une procession générale, l'évêque de Beauvais célébra, ici même, « une messe d'actions de grâces, en présence de toute la population, qui ne se lassait point de remercier Dieu » (1). Les voûtes de votre cathédrale étaient seules, en effet, assez hautes pour porter jusqu'au ciel le *Te Deum* de la victoire, et Dieu seul était assez grand pour recevoir les hommages de ce peuple de héros.

Acceptons donc l'histoire dans son intégrité, ne la mutilons pas pour satisfaire des idées de parti ; les divisions politiques s'effaceront, les haines antireligieuses s'apaiseront, je l'espère du moins, et l'histoire restera, attestant à tous ceux qui la liront avec sincérité, que les défenseurs de Beauvais ont été d'illustres patriotes et d'excellents chrétiens, que la gloire immortelle qu'ils ont acquise ils la doivent à l'amour de la patrie et à la pratique de la religion : *Gloriosa dicta sunt de te, civitas Dei.*

Aussi, pour résumer les deux pensées maîtresses de ce discours et décerner à vos pères, au nom de la France et de l'Eglise, l'apothéose qui leur convient, voici le tableau que j'imagine :

A l'horizon, illuminé par l'incendie des villages que traversent les Bourguignons battant en retraite, disparaissent peu à peu leurs bandes d'archers, leur artillerie de siège, et les longues files de leurs convois. Le faubourg Saint-Quentin ne présente plus que des ruines, l'église Saint-Hippolyte est un amas de décombres. A deux pas des fortifications, dans l'intérieur de l'enceinte, le palais épiscopal dresse ses grands murs, noircis par la flamme, lézardés par le feu ; à travers ses fenêtres béantes, ses plafonds effondrés, son toit percé à jour, paraît l'azur du ciel.

(1) *Histoire du Diocèse de Beauvais.*

A la porte de Bresles, consumée par l'incendie, du brasier gigantesque, entretenu par vos grand'mères, il ne reste plus qu'un énorme amas de cendres. Dans les fossés, sur un lit de fascines à demi brûlées, pêle-mêle avec des pierres, des poutres, des tonneaux éventrés, des échelles brisées, des armes fracassées, gisent, souillés de taches d'huile, de graisse fondue, de poix et de sang, environ quinze cents cadavres. « Tels fruits porte l'arbre de la guerre. »

Enfin, sur les remparts çà et là démantelés, sur les brèches où l'action a été plus vive, j'aperçois les défenseurs de Beauvais, autant dire la ville entière : capitaines, archers, arquebusiers, nobles, bourgeois, petits commerçants, ouvriers, prêtres, moines, enfants, jeunes gens, vieillards, malades, infirmes, femmes, jeunes filles. Oui, les voilà tous, ceux-ci dans l'attitude de la résistance, ceux-là dans l'attitude de la prière exaucée. Une jeune fille les domine, victorieuse, faisant flotter au vent l'étendard qu'elle a enlevé à l'ennemi. A côté d'elle est placée la châsse qui contient les reliques de votre glorieuse patronne. L'héroïne et la sainte sont l'une auprès de l'autre : Jeanne-Hachette personnifiant le patriotisme, Angadrème personnifiant la Religion.

Pour célébrer leur mémoire, pendant quatre siècles, la voix des cloches s'est unie à la voix du canon, les chants du peuple se sont mêlés aux hymnes du clergé, les mêmes mains ont apporté des couronnes de lauriers à l'héroïne et fait fumer l'encens devant le reliquaire de la Sainte. Espérons que l'avenir, — un avenir prochain, — reprendra les traditions du passé.

Mais, nous contenterons-nous de décerner aux défenseurs de Beauvais les honneurs du triomphe, de défiler pour ainsi dire devant eux en leur jetant au passage les vivats répétés de notre enthousiasme et de notre foi? N'ont-ils pas eux-mêmes à nous parler, et couvrirons-nous sous le bruit de nos acclamations les graves accents de leurs voix, oublierons-nous, dans les entrainements de cette fête, les enseignements, peut-être, hélas! pour nous trop austères, de leur vie ?

Ecoutez plutôt ce qu'ils vous disent :

O fils de nos petits-fils, chair de notre chair, sang de notre sang, nous vous aimons et nous voudrions vous être utiles. Qui sait ce que vous réserve l'avenir ? La guerre a-t-elle disparu de la surface du globe, et parmi vos voisins ne comptez-vous plus d'ennemis ? Pouvez-vous vous promettre une vie tranquille, qui n'exige de vous que la pratique des vertus bourgeoises, et n'aurez-vous jamais à exercer nos vertus militaires ? Voulez-vous vaincre comme nous ? comme nous soyez patriotes, comme nous soyez chrétiens.

Sans doute, vous aimez la France, cette France que nous avons contribué à former au quinzième siècle, que des malheurs récents ont mutilé, dont les frontières naturelles s'étendent pourtant des Pyrénées aux Alpes, de la Méditerranée à l'Océan, de l'embouchure de la Loire aux bords du Rhin. Vous désirez reconquérir l'unité territoriale de la patrie, nous le desirons avec vous, mais travaillez-vous à lui procurer d'abord l'unité morale ? Croyez-vous qu'elle ne souffre pas de toutes vos divisions ? Vous l'affaiblissez au dedans par vos luttes de partis, par vos compétitions de personnes : est-ce le moyen de la rendre forte au dehors ?

Nos familles étaient nombreuses : vos foyers sont presque déserts. Nos corps étaient robustes : les vôtres ne peuvent plus porter nos armures. Nos âmes étaient vaillantes : vos caractères sont presque sans énergie. Dans une société qui ne connaissait pas tous les perfectionnements, qui n'avait pas toutes les facilités de la vôtre, nous nous exercions à la lutte, au tir, aux longues marches, aux dures privations ; au milieu des raffinements de votre civilisation matérielle, vous languissez dans un bien-être qui énerve la virilité. A soixante ans, nous étions encore jeunes ; à trente ans vous êtes déjà vieux. Est-ce sur les canapés de vos cercles de jeu, autour des tables de vos cafés, dans les loges capitonnées de vos théâtres, dans les boudoirs parfumés des courtisanes, est-ce dans vos nuits consacrées aux plaisirs, dans vos matinées données au sommeil, que vous contracterez les fortes habitudes qui assurent la grandeur des nations ?

Votre patriotisme n'est ni assez fidèle aux souvenirs des aïeux ni suffisamment attaché au sol qui vous a vu naître. Des campagnes vous émigrez dans les villes, des petites villes vous affluez à la capitale, poussés par l'ambition, par l'attrait d'une vie commode, par le désir de faire fortune promptement. Ces sentiments égoïstes qui peuvent vous servir dans les périodes de paix, ne peuvent vous être d'un grand secours dans les temps difficiles. Notre patriotisme, à nous, était enraciné dans la terre même de notre pays. Nous vivions et nous mourions où nous étions nés ; près des tombes de nos pères nous placions les berceaux de nos enfants, et nous transmettions à ceux-ci, avec un nom sans tache, la maison, les vieux meubles, le métier, les traditions de travail, de probité et d'honneur que nous avions reçus de ceux-là. Aussi, à l'heure du danger, nous nous sentions soutenus par nos affections les plus vives et par nos intérêts les plus légitimes, par tous nos souvenirs et par toutes nos espérances. Nous aimions nos vieilles rues, nos places, nos remparts, nos maisons, notre hôtel-de-ville, nos églises, notre cathédrale : notre patriotisme ne se perdait pas dans une sentimentalité vague, dans une creuse phraséologie ; il était fort, parce qu'il était précis, il était résistant, parce qu'il était concentré. Sans doute, la France s'étendait plus loin que l'horizon découvert du haut de notre beffroi ou de nos clochers ; mais, puisque la Providence nous avait fait naître ici, Beauvais nous apparaissait comme la portion sacrée du territoire sur laquelle nous étions chargés de veiller, et, en défendant notre ville, nos foyers, nos monuments publics, nous combattions en définitive pour la patrie commune. Nous savons bien que la centralisation gouvernementale des nations modernes a considérablement modifié la tactique de la guerre. Mais si les moyens de défense du patriotisme ont changé, croyez-nous, ces sources pures où il s'alimente restent toujours les mêmes, et ces sources, nous vous les avons indiquées : c'est la mâle austérité de la vie, c'est l'accomplissement intégral des devoirs du mariage, c'est le respect des traditions, c'est la vénération des ancêtres, c'est le culte de l'honneur, c'est la passion de la liberté, c'est la force indomptable de l'espérance, c'est la concorde entre tous les citoyens, c'est l'amour de cette petite patrie qui s'appelle le pays natal dans la grande patrie que nous appelons tous la France.

Enfin, nous étions chrétiens. L'êtes-vous comme nous, au même degré que nous ? Notre foi était professée et agissante, la vôtre est superficielle, languissante, souvent morte. L'incrédulité a **envahi vos esprits.**

A la foi nous unissions tous la pratique : de vos jours, un grand nombre de croyants ne pratique plus. L'indifférence a glacé vos cœurs.

La grâce divine, reçue dans les sacrements, nous donnait des forces pour combattre nos défauts, car nous en avions; et en travaillant à nous vaincre, nous apprenions à vaincre les autres; vous n'osez plus lutter contre vous-mêmes; l'épicurisme a tué vos volontés.

Or, ne l'oubliez pas, l'incrédulité, l'indifférence, l'épicurisme sont de mauvais conseillers sur un champ de bataille. Notre vie nous préparait à la mort; vous qui ne savez pas vivre, sauriez-vous mourir ?

Nous aimions les manifestations du culte, les cérémonies religieuses, les processions solennelles : certes, elles ne constituaient pas toute notre religion, mais elles en étaient l'expression sincère et le complément naturel. Parmi vous, les uns blâment et interdisent tous les actes du Christianisme extérieur, les autres trop facilement s'en contentent.

Nous adorions Dieu et nous suivions ses commandements; nous adorions le Christ et nous pratiquions son Evangile; nous obéissions à l'Eglise et nous observions sa loi; et puisque la terre que nous habitions avait eu l'honneur de produire des saints, nous avions un culte particulier pour les saints de notre pays, nous vénérions leurs reliques et nous tâchions d'imiter leurs vertus, nous les aimions comme des ancêtres et nous les invoquions comme nos protecteurs.

Nous ne trouvions, du reste, aucune incompatibilité entre notre civisme et notre foi religieuse. L'Eglise et la France étaient associées à tous les actes solennels de notre vie publique, la religion et le patriotisme étaient unis dans tous nos cœurs.

Notre devise, qui doit être la vôtre (et puissiez-vous comprendre tous les enseignements qu'elle contient, pratiquer tous les devoirs qu'elle impose!), notre devise avait deux mots, — les deux plus beaux de la langue humaine — : Pour Dieu et pour la Patrie.

BEAUVAIS,

TYPOGRAPHIE D. PERE, IMPRIMEUR DE L'ÉVÉCHÉ, RUE SAINT-JEAN.

241

www.ingramcontent.com/pod-product-compliance
Lightning Source LLC
Chambersburg PA
CBHW060907180626
46818CB00004B/1865